AF394930

INVENTAIRE

e 27.270

LES FEVX DE IOYE DE LA FRANCE,

SVR L'HEVREVSE ALLIANCE D'ANGLETERRE.

Et la Descente des Dieux en France, pour honorer la Feste de cette Alliance.

DEDIEZ A MONSEIGNEVR LE DVC DE CHEVREVSE

Par ANDRE MARESCHAL, *Lorrain*.

A PARIS,
Chez BERTRAND MARTIN, ruë S. Iacques,
à la Vigne d'Orfin, deuant les Mathurins.

M. DC. XXV.
AVEC PERMISSION.

A TRES-ILLVSTRE,
TRES-PVISSANT, ET TRES-VALEVREVX PRINCE,
MONSEIGNEVR
M. LE DVC DE
CHEVREVSE,
PAIR, GRAND CHAMBELLAN,
ET GRAND FAVCONNIER DE
France, Gouuerneur & Lieutenant
General pour le Roy au haut &
bas Auuergne, & pays de
Combraille , &c.

MONSEIGNEVR,

Voicy la voix de toute
la France reduite en deux
mots, qui ne pouuant taire le ressen-

tlment qu'elle a du fruict qu'on ef-
pere de voſtre Ambaſſade, dedans
les loüanges que ie vous donne vous
prie ſeulement de preſter voſtre
Nom à la Verité. Et puis qu'il ſem-
ble que pour tant d'honneur qu'elle vous porte vous luy deuez bien au
moins cela, ie croy que vous ne deſa-
uoüerez pas cét Enfant de vos merites, & que voſtre gloire luy ayant
donné du voſtre ce qu'il en a fallu
pour ſa naiſſance, elle ne luy refuſera
rien pour ſa conſeruation. Ce n'eſt,
MONSEIGNEVR, que voſtre Tableau que i'apporte à vos yeux, pour
vous faire vous-meſme iuge de vous-
meſme, & reconnoiſtre ſi ces trais
retirent bien au naturel, & ſi cét abre-
gé de vos Vertus reſpond dignement à l'original. I'auoüe franche-
ment que l'Ouurage eſt petit, mais

vous comprenant il contient beaucoup, & ie fais gloire de r'acourcir
auec proportion vne chofe, pour
l'eftenduë de laquelle tout le Monde fe treuueroit court. Le peu que
ie dis veut bien dire dauantage, &
vne feule lettre de voftre Nom eft
plus grande en mon Efprit que tous
les efcrits de Ronfard & toutes les
victoires d'Alexandre. Ie fçay bien
que ie fais tort à voftre Courage de
luy prefenter autre chofe qu'vne Ef-
pée & des foudres: Mais puis que voftre Vertu aprés auoir tant domté
femble n'en auoir plus affaire, con-
tentez vous, MONSEIGNEVR, s'il
vous plaît, que toute la FRANCE
auec moy vous en offre le prix en cét
Ouurage, qui n'eft que comme vn
Echo de toutes les loüanges qu'elle
vous donne. Et s'il y a des Ocu-

tres de l'Esprit qu'on ne sçauroit assez loüer, & qui sans Royaume couronnent leurs Autheurs, i'espere que cettuy cy ne diminuera rien de vostre Gloire, & ie sçay que s'il ne l'accroit, ce sera seulement parce qu'elle est desia montée à vn tel poinct qu'on ne la peut plus augmenter. Ie veux croire aussi que vostre faueur luy donnera l'essor, qu'il ne demande que pour porter dessus l'aisle de ces Vers vos loüanges au Ciel, où, pour estre Prince si grand, vous n'auez ny de Carosse ny de Cheuaux qui vous puissent porter. Et toutefois on iugeroit à cet equipage magnifique que vous faites dresser, que ce n'est pas à moins que pour aller au Ciel que vous estallez tant de richesse & de sumptuosité. Mais sans m'arrester à ces pompes de

la Terre, qui furpaffant toutes cel-
les des Princes que l'on ait encore
veües ne font que la plus petite par-
tie de vos honneurs, ie vous conuie
de connoiftre le comble de vos
Grandeurs en ce petit Ouurage. Il
eft audacieux, parce qu'il tient de
voftre Courage qu'il porte aux oreil-
les de l'Vniuers, & ne vous promet
pas moins que les Dieux pour com-
pagnons, fi vous doutez que ce foit
quelque foupçon de temerité de pa-
roiftre leur Maiftre. Aprés tout,
MONSEIGNEVR, vous treuuerez
que i'ay fait comme l'Aigle, qui n'ex-
pofant pas tout d'vn coup fes petits
à la viuacité des rays du Soleil, com-
mence par vn peu pour les accouftu-
mer à la fin à faire beaucoup. Ainfi
ie n'ay iettez en l'air ces petits fcions
de ma plume, que pour reconnoif-

tre s'ils pouroient fouftenir l'efclat
de vos perfections, & s'animer aux
rayons de voftre GRANDEVR. Que
fi leur foibleffe peut reüffir, & que
i'aye l'œil affez ferme pour regarder à
plein vos Vertus, ce fera lors que ie
vous feray regner abfolument dedans la memoire, & que voftre Courage & vos Merites feront fans contredit dans la bouche de toute la
France auffi bien que dans ces Efcrits, que ie vous donne comme des
arres de cette gloire, autant infaillible que l'obeïffance perpetuelle que
vous a voüé,

MONSEIGNEVR,

Voftre tres-humble &
tres-obeïffant feruiteur,
A. MARESCHAL.

━━━━━━━━━━━━━━━━━━━━━━━━━━━

LA FRANCE
AV SIEVR MARESCHAL,
SVR SES FEVX DE IOYE.

SONNET.

Ymen, par qui mon Roy & l'An-
glois ioints ensemble,
Puissants vont faire voir aux yeux
de l'Vniuers
Qu'il n'est riē sous les Cieux si barbare & peruers
Qu'oyāt nommer les Lys ou les Roses ne tremble.

Ton nœud, qui ces deux fleurs en vn fleuron
assemble,
Et tire leurs fleurons de leurs amoureux fers
Fait pleuuoir en mon sein tant de plaisirs diuers,
Que rien qu'vn Paradis à mon cœur ne ressemble.

PARIS estant rauy de mon contentement
N'a gueres de cent feux vne Nuict allumant
De mon extresme ioye vne ombre fit paroistre:

Mais toy cher MARESCHAL, bien plus
industrieux,
Couurant de son defaut l'office iniurieux,
Dans les feux de tes Vers seul tu l'a fait cōnoistre.

ESTIENNE BRVN.

ē

AV MESME,
SVR LA DESCENTE
DES DIEVX EN FRANCE.

ODE.

Sprits, dont la science noire
Par vn vers secret & puis-
 sant
Traisne l'Enfer obeïssant
Aux mouuements de vostre gloire,
Que ce pouuoir audacieux
Qui tire la Lune des Cieux
Reçoit vne notable honte,
Puis que MARESCHAL, aux appas
D'vn vers qui les vostres surmonte
Meine les Dieux mesme icy bas.

Vos vers qui font tant de miracles,
Qui fendent le Ciel & les monts,
Donnoient la parolle aux Demons
Dont ils murmuroient des Oracles:
Mais ceux-cy plus doux & plus forts
Ont des charmes & des ressorts
Inconnus au reste des hommes,
Qui d'vn change delicieux
Font vn Ciel du siecle où nous sommes,
Et donnent vn langage aux Dieux.

Ton vers a de si douces touches,
MARESCHAL, & tant d'ornement,
Qu'il semble estre fait seulement
Pour estre en ces Diuines Bouches;
Aussi qui ne reconnoit point
Que leur Esprit au tien conioint
En leur langue t'a fait escrire,
Et ne croit auec iuste foy
Qu'aucun ne sçauroit si bien dire
Si ce ne sont les Dieux, ou toy.

Ces grands Princes, parmy la gloire
De s'entendre si bien loüer,
En prennent vne d'auoüer
Dessur eux mesmes ta victoire:
Ils regardent croistre en tes Vers
Leurs Lauriers encore plus verds,
Et tous esmerueilleż connoissent
Leur los à telle extremité,
Que bien que les Dieux leur confessent
Ils doutent de la verité.

Cét Astre de nostre Prouince,
Ce Mars, que tu fais en ce lieu
Prendre la qualité d'vn Dieu
Par dessus celle-là de Prince,
Ce parfait miracle Lorrain
A qui d'vn pouuoir souuerain
Tu donnes les Dieux pour conduite,
N'a-t il pas dequoy soupçonner
Comme seul ce rang il merite,
Que seul tu luy pouuois donner.

Le Ciel à la Terre se range,
Les Dieux parlent auecque nous,
Tes accens leur semblent si doux,
Qu'ils n'en ont point pour ta loüange;
MARESCHAL, tes diuins Escrits
Dans le Monde n'ont point de pris,
Quoy que ton merite presume:
Car pour les loüer dignement
Il faudroit vne telle plume,
Et voila nostre manquement.

C. MARESCHAL
son cousin.

ADVIS
DE L'IMPRIMEVR
AV LECTEVR.

VOICY le trait d'Appelle qui fe retreuue à la fin en noftre fiecle : Ce petit Oeuure fait honte à tant d'autres grands Ouurages, qui meurent en leur longueur ennuyeufe, & y font mourir vn Lecteur. Ie t'affeure que tu verras icy ce que les plus curieux auiourd'huy demandent encore par tout, vne force de penfées fi grandes & fi genereufes, vne diction fi douce fi claire & non commune, vne fuitte de difcours tirée à proportion : & tu y treuueras enfin,

LECTEVR, toutes ces raretez dé-
dans vn ftile fi pur & fi chafte, que
pour le fçauoir entendre il ne faut
feulement que le fçauoir lire. En
outre la façon de ce Poëme, l'ordre la diuerfité & la richeffe des
vers & de la rime, te feront auoüer
que tout y eft nouueau : & qu'il n'y
a rien de vieux que la fcience que
nous auons puifée du ceruueau d'A-
dam, qui plus nous vieillirons fe
rendra toufiours plus nouuelle, &
qui cent ans aprés noftre mort fera
plus fraifche que nous. L'Autheur,
(qui dans fes ieunes ans ne retient
rien moins que de la ieuneffe & de
la vanité, & qui s'offencera fans
doute de cette liberté que ie prends,)
pour rendre fon vœu plus particu-
lier, auoir refolu de n'en faire qu'vn
Mauufcrit pour prefenter à Mon-

seigneur le Duc de Cheureuſe; Mais la France qui n'a pas voulu perdre l'intereſt qu'elle a que ces Fevx de Ioye ſoient autres que publics, & ſes Amis qui ont reconnu le merite de la piece, luy ont arrachée des mains pour la remettre entre les miennes : & ie te la rends comme eux à mon tour, pour te faire loüer ce que beaucoup admirent auec moy.

LES

LES
FEVX DE IOYE
DE LA FRANCE,
SVR L'HEVREVSE ALLIAN-
CE D'ANGLETERRE.

A fin sans fin, de ce beau jour
Qui ne connut point de tene-
     bres,
Où le Roy, les Dieux, & l'Amour,
Firent des actes si celebres:
Cette heureuse & fatale nuict,
Où tout l'air resonnoit au bruit
De la France & de l'Angleterre,
Tomboit d'vn pas precipité,
Pour endormir toute la Terre
Dedans vn lict d'obscurité.

A

   D'vn ombrage comme enuieux
Estendant ses humides voiles,
Elle refusoit à nos yeux
De monstrer leur ioye aux estoilles:
Quand les voix, les cris, & les sons
Et des hommes, & des canons
Qu'elle entendit sur nostre teste,
La firent iustement douter
Que ce fust comme dans la Crete
Quelque feste de Iuppiter.

   Couurant le dessus de Paris,
Elle vit parmy chaque ruë
Tant de feux animeZ de cris,
Et tant de trais, que dans la nuë
On enuoyoit de toutes parts:
Quand de mille brandons espars
Ses tenebres furent chassées,
Et vit son noir & long manteau,
Où les ombres sont amassées,
N'estre plus qu'vn large flambeau.

Reduite à n'attendre rien plus
Qu'vn desordre de la Machine,
Ses airs & ses nuaux pollus
Comme matiere à sa rüine
Ne seruant plus qu'à l'eschauffer,
Et desia prests à l'estouffer,
A peine dessur cette flame
Au Ciel elle leua son front,
Pour en ietter aux Dieux le blasme
Et se plaindre de cét affront.

Quoy? dit-elle, qu'ay ie commis,
Pere commun de la Nature,
Surprise entre tant d'ennemis
Pour me soufmettre à cette iniure?
Desia le feu de tout cofté
Dessur mes aisles a flotté,
Ie luy sers comme de victime:
Ie n'ay rien de vif, que la mort
Qui me bat, me presse, & m'anime
Pour m'emporter en cét effort.

Grand Dieu! tourne les yeux sur moy,
Et vois les Elements contraires
S'assembler, & rompre la foy
De leurs mouuements ordinaires;
Que si tu n'as soin de mon mieux,
Prends au moins pitié de tes Cieux,
Deffends ton Palais de l'esmeute,
Et garde que le Firmament
M'enseuelissant sous sa cheute
Ne me serue de monument.

Entends mes cris, & mes accens,
Et dißipant tout cét orage
Romps le coup de ces feux puissans
Qui dedans ma perte t'engage;
Pere ne te souuient-il plus
Comme de tes feux dissolus
Ie rendis mes ombres complices,
Et comme i'aueuglay le iour,
Pour acheuer en tes delices
Le plus fort Enfant de l'Amour.

Peux-tu conioindre du mespris
Ensemble & de la souuenance?
Si rien n'eschappe à tes Esprits,
Oubliras-tu mon assistance?
Comme en vn iour & clair & beau
Ie t'affublay de mon manteau
Auec cette Nymphe agreable,
Qui faite vne vache depuis
Fut, à te plaire, miserable
Autant, helas! que ie le suis.

Combien de fois, en relaschant
Auec les Nymphes ton courage,
Ay-ie remporté te cachant
Dessur le iour cét aduantage?
Ha! que mon sort est bien changé!
O iour! tu n'es que trop vangé
De mon inconstante victoire,
Et que tu reprens bien sur moy
L'vsure de ce peu de gloire
Que i'eu d'auance contre toy.

A iij

Autheur de ce grand Vniuers
Tous ces trais de flames efface,
Qui par mille chemins ouuerts
Se vont attacher à ta face;
Ces Geans, qu'on vit tresbucher
En pensant le Ciel accrocher,
De tes feux furent mis en poudre:
Où ceux-cy plus ingenieux
Se seruent eux-mesmes d'vn foudre
Pour te prendre celuy des Cieux.

Dieu! c'est trop enduré d'excez:
PARIS vit de son insolence,
Et le nombre de ses succez
Combat celuy de ta puissance:
Tu ne l'as fait qu'à mon tourment,
Que pour me perdre seulement,
Et semble que sa seule gloire
Ne consiste qu'à me l'oster,
Et sur l'ombre de ma memoire
Faire mieux le iour esclatter.

Ce n'est pas sans quelque dessein,
Qu'en interrompant le silence,
Elle pousse dedans mon sein
De ces flames la violence:
Regarde mon manteau percé,
Qui de mille feux trauersé
Esclaire le Ciel & la Terre,
Et comme tous les Elements
Sont contre les loix de leur guerre
De ma perte les instruments.

Depuis ce funeste accident,
A peine ie suis consolée,
Que son fleuue sembloit ardent
Et toute la ville bruslée:
Lors que ces deux superbes ponts
Qui battoient le Ciel de leurs fronts
Sous l'eau cacherent leur visage,
Et ce feu qui les consuma
Acheua dans l'onde sa rage,
Et mesme la Seyne alluma.

Iamais vn si cruel assaut
N'auoit donné dedans mes ombres,
Depuis que i'estale icy haut
Les rides de mes voiles sombres:
Le feu, qui gaigna ce contour,
Dedans l'image d'vn faux iour
Me monstra si claire ma honte,
Que depuis, comme en vn cercueil,
Dedans ces tenebres ie monte,
Qui sont les marques de mon dueil.

Doy-ie perir à ces efforts?
Ou, si telle est ma destinée,
Faut-il tant de nombreuses morts
Pour abbattre vne infortunée?
Prenez ma vie, ingrats tesmoins,
Cieux, prenez ce que i'ay le moins:
PARIS enfonce ma poitrine
De tous ces feux, dont le flambeau
Sera l'Astre de ma rüine,
Et le lustre de mon Tombeau.

Là

Là, d'vn grand soupir eslancé
Coupant sa voix, & sa parolle,
Vn trait de flames auancé,
Emporte cette vaine Idole,
Son front, ses tenebres, sa voix
Se perdent toutes à la fois ;
Ce n'est plus qu'vn peu de fumée,
Qui iointe à celle de ces feux
En augmente la renommée,
Et s'esleue au Ciel auec eux.

Cependant PARIS couronné
De feux, d'esclats, & de tonnerre,
Tenoit tout l'air emprisonné
Et faisoit vn foudre en la Terre ;
La ioye allumoit les canons,
Seruoit de poudre & de balons,
Et souffloit vn si doux orage,
Que le bruit de ces feux épris
En trahissant nostre courage
Flattoit & battoit nos esprits.

B

Tant de feux par tout allumez,
Où l'alegreſſe eſtoit encloſe,
Eſtoient de trois bois parſemez,
D'Oliue, de Myrthe, & de Roſe:
L'eſclair en paroiſſoit ſi beau,
Que meſme l'vnique flambeau
Qui de ſes rays dore le Monde,
Le voyant, ſembla tresbucher,
Et ſe precipiter en l'onde
Pour mourir, ou pour ſe cacher.

La Lune auec Endimion
Ayant paſſé cette iournée,
Eſtoit contre ſa paſſion
Ialouſe là haut retournée:
Languiſſante encore d'amour,
Et pareſſeuſe en ſon atour,
Croiſſant elle ſembloit décroiſtre,
Et ſe leua ſi froidement,
Qu'on euſt pû de là reconnoiſtre
Aſſez ſon meſcontentement.

Mais elle apparut à la fin,
Et desia sa lumiere morne,
La couronnant d'vn beau larcin
Nous descouuroit sa double corne:
Quand resuant encor à l'objet,
Qui son cœur auoit fait sujet,
Elle se vit toute enflamée,
Et se sentit en vn instant
De mille rayons animée
Qui son front rendirent constant.

Surprise, & parmy tant de feux
A peine se voyant soy-mesme,
D'vn cœur ialoux & despiteux
Tansant cette lueur extresme,
La fuyant, elle se fuyoit,
S'eschappant elle s'y voyoit,
Estant soy-mesme sa rencontre:
La crainte qui la desbaucha
Fit, qu'en vne si belle monstre,
Confuse elle se rechercha.

B ij

Se reconnoissant à la fin,
Et toute autre que de coustume,
Contre l'ordre de son destin
Quelque mal-heur elle presume.
Quels feux, & quel embrasement
Me causent cét aueuglement,
En me donnant tant de lumiere?
Et quoy? dit-elle, quelle ardeur
Combat, eschauffant ma cariere,
Mon element, & ma froideur?

Mon front ne paroit plus cornu
Et les ombres de mon visage
Dedans vn principe inconnu
Se perdant, prennent auantage.
Quelle fureur, & quel pouuoir
M'ose troubler en mon deuoir?
D'où vient cét excez de licence?
Quel Demon, quel homme, quel Dieu,
Contre la celeste ordonnance,
Vient icy courir en mon lieu?

Ce feu puissant & nompareil
N'est pas celuy, qu'à l'ordinaire
Prés de sa couche le Soleil
Me dépose, afin que i'esclaire:
Et si dans ces esmotions
Ie discerne les regions,
La flame est du costé de l'Ourse,
Dont la lumiere me touchant
Est si puissante, que ma course
Esclaire le Soleil couchant.

Ha! ie voy ce qui me dissout:
Ces flambeaux viennent de la France,
PARIS fume encore par tout,
Et contre moy ces feux eslance;
Quel miracle, quel accident?
D'où ce feu qui me va perdant
Par vne lumiere trop viue?
D'où ce prodige de chaleur?
Et d'où cette flame deriue
Qui me fait vn si beau mal-heur?

Las! ie crains vn mal aduenu:
Ce feu me perd & m'enuironne;
Mon corps de crainte retenu
Mesme dans ces flames frissonne;
Ah! frere, cét embrasement
Ne vient que de toy seulement,
Autre n'en eust eu la puissance:
Phœbus, helas! que dira-t on,
Sur les pas d'vne ieune enfance
De reuoir vn vieux Phaëton?

Tu te perds doncque mon Germain?
Et perdant tout le Monde encore,
Tu te fais de ta propre main
Vn tombeau qui te deshonore;
Que fais-tu? rebrousse tes pas,
Irremissible tu n'es pas,
Ta faute n'est qu'à demy faite:
Et prenant loy de ma douleur
Tu peux, d'vne sage retraite,
Couper chemin à ce mal-heur.

Ne t'engage point plus auant;
Et si ta perte ne te touche,
Vois ce feu, qui porté du vent
Me fend la parolle & la bouche;
Ce n'est pas là ton vray seiour:
Prends garde, que le trop d'amour
Qui te iette dans la licence
D'vn si furieux mouuement,
En te voulant coucher en France
Te couche dans le monument.

Ie sçay que ton affection
Pour ce peuple est trop legitime,
Mais faut il que la passion
De ton amitié fasse vn crime?
Gouuerne mieux ton interest,
Prends moins d'amour ou plus d'arrest,
Ta diuinité me diffame,
Ne precipite point tes vœux,
Et pour vne imprudente flame
Ne prodigue point tant de feux.

Attends, & si ta volonté
Est de faire ton lict en France,
Bride cét amour indomté
Qui te porte à l'impatience:
Attends, arreste encore vn peu,
Les Destins accordent ce vœu,
Et, (s'il est permis de le croire,)
I'ay soumuent oüy Iuppiter
Dire qu'yne grande victoire
T'y feroit coucher & monter.

Et de fait qu'auiourd'huy l'on voit
Ce ieune & superbe Monarque,
Qui d'vn coup que le Ciel prenoit
Doit prendre du Monde la marque,
Cét Alcide dans le berceau
Auoir domté ce Vipereau,
Qu'vn Hercule eust feint d'entreprendre,
Et fait tant d'exploits auiourd'huy,
Que si le Monde se doit rendre
Ce ne sçauroit estre qu'à luy.

Et

Et toy-mesme, tu l'as predit
Si souuent dedans tes Oracles,
Qu'à cette heure sans contredit
L'on attend de luy ces miracles:
C'est luy qui doit vnique Roy
Faire vieillir dessous sa loy
Les gens de l'vn & l'autre Pole,
Et comprendre dans son destin,
Sans que sa fortune s'enuole,
Tout le soir & tout le matin.

Pourquoy donc si violemment
Toy qui sçais mieux ses destinées,
Romps-tu ce beau commencement,
Pour auancer quelques iournées?
Attends, au moins ne gaste rien,
Et pour luy vouloir trop de bien
Ne perds sa fortune meilleure:
Donne luy l'âge & le loisir
D'aller reduire de bonne heure
Tout l'Vniuers à son plaisir.

Ne rüine pas son dessein,
Et sans te perdre dauantage
Va l'attendre en ce large sein
Où Thetys verra son courage:
Retourne donc en ton vray lieu,
Fais la trace à ce ieune Dieu,
Et va conter aux Nereïdes
La douce force de ses loix,
Et la vertu de cent Alcides
Qui le suyuront en ses exploits.

Retourne attendre ce beau iour
Que tu te leueras de l'onde,
Pour le salüer à son tour
Seul Empereur de tout le Monde;
Retourne doncques en ton poinct,
Aymant la France, ne fais point
Comme Iuppiter à Semele:
Et ne sois si peu preuoyant,
Qu'en voulant coucher auec elle,
Tes flames l'aillent foudroyant.

Tu sçais bien quelle passion
Troubla ma course vagabonde,
En la commune affliction
Qui desola presque le Monde;
Lors que tes cheuaux eschappez
Furent de la foudre frappez,
Auecque ce fils temeraire,
Qui par mille chemins diuers
S'eschappant du Ciel, osa faire
Son tombeau de tout l'Vniuers.

Songe à ce desordre ancien,
Et dessur vn si grand dommage,
Tire ce miserable bien,
Que sa faute te rende sage.
Mais quoy? mes cris sont superflus,
Ces feux croissent de plus en plus,
Tout fume, tout brille, tout tonne,
L'air qui respond à sa fureur,
Desia de mille coups resonne,
Et tout conspire ma terreur.

C ij

Ha! misérable, c'en est fait,
Ton insolence se renforce,
A tes vœux rien ne satisfait,
Tu te perds en ta propre force;
Ie vois que tout brusle, & perit,
Ta flame la Seyne tarit,
Et dedans tout ce large fleuue
Le Dieu qui souloit y loger
A peine quelque coin retreuue,
Pour eschapper à ce danger.

Que de coups, de feux, & de bruit?
Il semble que tout se confonde,
En ce poinct où tu l'as reduit,
PARIS menace tout le Monde:
La Seyne ne te peut plus voir,
Elle grille sous ton pouuoir,
Et cette rage qui l'enflame
La conuertissant toute en feux,
Elle pisse des trais de flame
Qui percent mesme mes cheueux.

Ah! frere, que tu fais de tort
Cette nuict fatale à la France,
Et que ce violent effort
Luy couppe vne belle esperance:
L'Vniuers va doncque finir,
Mais ne les voy ie pas venir
Ces Naïades desolées?
Oüy, ie les voy desia monter,
Qui vont toutes décheuelées,
Aux Dieux leur peine raconter.

Là Diane se retranchant
Arresta sa course & sa plainte,
Pour voir ces corps, qui l'approchant
Luy parurent comme vne feinte;
C'estoit le petit Dieu des Cœurs,
Qui couronné de trois vainqueurs
Retournoit auec Hymenée,
Pour se faire admirer aux Dieux,
Et de cette heureuse iournée
Faire vne feste dans les Cieux.

Iamais dedans tout son pouuoir,
Pour vne si grande victoire,
On ne l'auoit veu conceuoir
Tant de faste ny tant de gloire;
A ses deux costez le menoient
Deux Nymphes qui le couronnoient,
La France icy, là l'Angleterre:
Luy couuert de feux & de fers,
Retournoit, comme d'vne guerre,
En triomphe parmy les airs.

Deuant ce Dieu superbement
Marchoit le royal Hymenée,
Qui portoit en son vestement,
L'or, & la perle emprisonnée:
Et sur mille agreables fleurs,
De toute sorte de couleurs,
Dont fleurit sa perruque blonde,
Pour lors il n'auoit recueilly
Que ces deux beaux honneurs du Monde
Les Roses & les fleurs de Lys.

En ce glorieux appareil
Fendant le serain & la brune
Amour d'vn iustre nompareil
Combattoit celuy de la Lune:
Il s'auance, & la regardant
Qui sa course alloit retardant
Surprise dedans ces spectacles;
Confesse, dit-il, à la fin
Que tous mes pas sont des miracles,
Et mes volontez vn destin.

Belle Diane, à cette fois
Au moins, confesse ma puissance,
Comme sous moy des plus grands Roys
La gloire est leur obeïssance:
Vois ces Nymphes à mes costez
N'adorer que mes volontez,
(Voicy la France, & l'Angleterre,)
Vois ces deux yeux de l'Vniuers
Dans ce sainct næud qui les enserre
Promettre le Monde à mes fers.

Et si iettant tes yeux en bas
Tu regardes ces feux de ioye,
Vois comme en vn commun soulas
Tout le Monde à l'heure se noye:
Regarde la France auiourd'huy
Incapable de tout ennuy,
Reluire en des flames si belles;
Que presse de m'en absenter
I'eusse voulu perdre mes aisles,
Afin de ne la point quitter.

Sa Cour, où depuis quelques mois
Ie fais vne heureuse retraite,
A tant de charmes, que cent fois
I'ay veu le pas de ma défaite,
Lors qu'affilant mille Beautez,
A la perte des libertez,
Ie retreuuois tant de delices
Dans ces Cœurs & dans ces Esprits,
Qu'en y preparant des supplices
Moy-mesme ie m'y voyois pris.

Et

Et mesme en ce dernier effort,
Où i'ay butté cette belle Ame
Qui doit aller dessous le Nort,
Reduire ses Isles en flame,
Que n'ay-ie pas enfin souffert
Pour me rendre ce cœur ouuert?
Où i'ay conquis vne Princesse,
Qui rendant tous les Dieux mortels,
Seule digne d'estre Deesse,
*Nous va tous prendre nos Autels.

Combien de fois en décochant
Contre ce beau Cœur vne flesche,
Ay-ie senty le fer tranchant
Dans moy-mesme faire la bresche?
Et voyant tous mes trais faillir,
Et tous contre moy reiallir,
Dont ie ressentois les attaintes:
Contre moy-mesme furieux
Ay-ie craint d'où venoient ces pointes,
De mes trais, ou bien de ses yeux?

D

Dedans ce combat ie doutois,
En voyant tant de refiftance,
Si c'eftoit moy qui la battois,
Ou fi i'eftois fur ma deffence;
Enfin, ie tiens ce Cœur rendu,
Aprés auoir bien attendu:
Et voila tout mon auantage,
Qu'elle gaigne au double fur moy,
Car à foufmettre ce courage
Cent fois ie me vy fous fa loy.

Auiourd'huy fon cœur addoucy,
En releuant de ma puiffance,
Fait naiftre dans vn beau foucy
Vne fauorable efperance:
La voila facile à ce poinct
Qui deux puiffants Sceptres conioint,
Et qui d'vn fi beau mariage
Gaignant à la France l'Anglois,
Promet à fon Frere cét âge
De voir tout le Monde à fes loix.

Or ayant diſpoſé la Cour,
Qui deſia ſe tient toute preſte
Et n'attend plus que mon retour
Afin d'eſclorre cette Feſte,
Ie m'en allois à Iuppiter
Ces bonnes nouuelles porter,
Et tirer à cette alliance
De luy quelque fatalité,
Qui iointe au deſtin de la France
Couronne ſa felicité.

O belle Reyne de la nuict,
Si tu n'es du tout inſenſible,
N'en vois-tu pas vn ſi beau fruict
Dans cette lumiere viſible?
Regarde tout le Monde en feux,
Ou pluſtoſt tout le Monde en ieux
Qui deſia cette Feſte honore,
Et reproche, en te ſurmontant,
Pour cette Beauté qu'il adore
Que tu n'en faſſes point autant.

Va te rendre dedans ces lieux
Où ie t'ay fait defia la voye:
Moy, ie vay prendre tous les Cieux
Pour afsifter à cette ioye;
Va doncques, & ne plains tes pas
De defcendre en vn lieu fi bas:
Vn Ciel plus riche s'y defcouure,
Et mille Aftres en vn moment
T'efclairant, te feront au Louure
Entrer comme en vn Firmament.

Va doncques, quittant ce contour,
Va, Diane, rendre l'hommage
Dans cét agreable feiour
A la merueille de cét âge:
Va reconnoiftre en fes appas
Mille charmes que tu n'as pas,
Et dont elle eft fi bien pourueuë,
Que, fi mon enuieux bandeau
Ne m'en euft defrobé la veuë,
Ie n'aurois point d'autre Tombeau.

Mais garde, qu'en allant ioüir
D'vne Princeſſe ſi parfaite,
Là meſme où tu veux t'eſioüir
Tu n'ailles pleurer ta deſſaite:
Garde l'approche curieux
De tant de braues demy-Dieux,
De qui la gloire eſt ſi püiſſante,
Qu'aprés leur Iupin ſouuerain
Il n'eſt rien là bas qui s'exempte
Ou de leur œil, ou de leur main.

Et parmy tous ces grands Eſprits,
Où le triomphe eſt en vſage,
Et qui n'a point aſſez de pris
Dans le Monde pour leur courage,
Tu verras briller entre tous
Vn Aſtre ſi fort, que ſes coups,
(Où toute reſiſtance eſt vaine,)
Comme d'vn Demon de valeur,
Te feront adorer ta peine
S'il daigne faire ton mal-heur.

C'eſt ce courage ſi bien né,
Ce grand Prince, que la LORRAINE
Comme vn preſage fortuné
Fait reluire aux bords de la Seyne:
Ses faits te ſeront trop ouuerts,
Si tu lis dans tout l'Vniuers
Qui par tout en porte la marque,
Et ſa gloire a tant fait courir,
Qu'il eſt compagnon de la Parque,
Et paſſe la loy de mourir.

C'eſt celuy que le plus grand Roy
Qui du monde attend l'heritage
Tient auiourd'huy plus prés de ſoy
D'vn rang conforme à ſon courage:
Et bien qu'il ſoit tant eſleué,
Il ne s'eſt encore treuué
Nul Oriſon à ſon merite,
Meſme la Terre en ſa rondeur
Ne pourroit eſtre que petite,
Pour y comprendre ſa grandeur.

Si tu veux apprendre son Nom
Sa valeur & son auanture,
Tu le verras en son renom,
Où, d'vne seconde Nature,
Il vit auecque tant d'honneur,
Qu'il tient enchainé le bon-heur
Dans sa genereuse conduitte:
Ne pouuant plus le bien heurer
On voit la Fortune à sa suitte,
Mais c'est afin de l'admirer.

C'est celuy, qui prenant la loy
D'vn poinct, où content il n'aspire,
Tenant tous les autres sous soy,
Fait à ses vertus vn Empire;
De qui la superbe Maison
N'entre point en comparaison,
Et se maintient toute Royale,
Qui sur mille beaux faicts vieillis
De plus en plus se rend fatale
A la garde des fleurs de Lys.

Aussi c'est luy, qui destiné
A faire l'honneur de la France,
Va, de mille vœux couronné,
Dans l'or & la magnificence,
Faire coucher dessus la Mer
Vn Soleil qui sçait tout charmer,
Vne Princesse sans exemple,
Qui sous cét Hercule vanté
Se va faire bastir vn Temple
Au milieu d'vn Peuple indomté.

Luy qui rend les vœux accomplis,
Et va planter entre Neptune
Vne branche de fleur de Lys
Sur qui germera la Fortune:
C'est luy, qui sous la vanité
Couurant vne Diuinité,
Se va monstrer à l'Angleterre
Auec vn si grand appareil,
Qu'en tout ce que le Monde enserre
Iamais il n'eut rien de pareil.

Ce

Ce temps que ie fus à la Cour,
Où ie viuois en son image,
On auroit pû dire qu'Amour
Faisoit lors vn apprentissage:
A chaque iour il triomphoit,
Vne gloire l'autre estouffoit:
Et dans cette guerre ordinaire
I'eusse pensé que ce fust Mars,
Si ce Dieu dedans sa victoire
Charmoit comme font ses regards.

Aussi l'aymant comme ie fais
I'ay mis à son obeïssance,
Iuste prix de tous ses attrais,
La premiere Beauté de France:
Celle qui le tient pour espoux
A l'œil si charmant & si doux,
Que ie diray, (bien qu'à ma honte,)
Que ma Mere n'ayant d'appas
Que cette Beauté ne surmonte,
Aprés elle ne me plait pas.

E

Comme luy proche de son Roy,
Tu la verras près de la Reyne,
De qui son amour & sa foy
Reçoit vne amitié certaine;
Son merite si releué
De tout le Monde est approuué,
Et tous deux en Terre rayonnent
D'vn lustre bien plus glorieux
Que tous ces rayons qui couronnent
Ton frere & toy dedans les Cieux.

Va doncques ses appas gouster,
Va rendre l'honneur à cét Ange
Que tu ne luy sçaurois oster,
Et qui surpasse ma loüange:
Mais refuis les trais amoureux
De ce Prince si valeureux
Qui rend cette Beauté suiette,
Dont les yeux comparez aux tiens,
Deshonoreroient ta desfaite,
Luy disputant ses beaux liens.

Va donc, ou si pour ne l'oser,
(Necessaire à ta course ronde,)
Tu ne peux ore refuser
Ta lumiere commune au Monde,
Attend iusques à mon retour
Où tous les Dieux dessous l'Amour
Ie vay faire en Terre descendre,
Que te ioignant auecque nous
Nous allions tous ensemble prendre
L'amitié d'vn Peuple si doux.

Amour à ces mots eschappant,
Et desia loin auec sa suitte
Les cercles esleueZ couppant
Dedans les Cieux cachoit sa suitte,
Lors Diane arrestant ses pas,
Et considerant icy bas
L'obiet de son erreur premiere
Estoit sur le poinct curieux,
En y transportant sa cariere,
De la Terre faire les Cieux.

E ij

Oüy, viens prendre part à nos vœux,
Viens-y doncque belle Planette,
Viens prendre vn luſtre auantageux
Des beaux yeux de noſtre HENRIETTE:
Viens voir la pompe de la Cour,
Et pour approcher ce beau iour
De qui la France eſt en attente,
En retranchant toutes les nuicts,
Viens preſter icy plus contente
Ta lumiere à mille deſduits.

Viens doncque, viens heureuſement,
Viens prendre parmy cette ioye
Plus de rays, & plus d'ornement
Qu'aux Cieux ton frere ne t'enuoye:
Viens t'eſioüir en nos esbats,
Viens reconnoiſtre les appas
De cette adorable Princeſſe,
Qui te forcera d'auoüer
Que de la dire vne Deeſſe
Ce n'eſt pas aſſez la loüer.

Viens luy faire offre de ta foy,
Et viens te rendre sa compaigne
Pour la seruir en ce connoy
Qui va l'esleuer en Bretaigne:
Laisse là le Ciel & ses feux,
Icy tout est plus lumineux,
Et l'on voit la magnificence
De ce Prince qui la conduit
Si grande, que iamais la France
Rien de semblable n'a produit.

C'est luy qui digne va ranger
Ensemble vn Lys & vne Rose,
Et faire voir à l'Estranger
La beauté de la France esclose,
Luy qui vit si royalement
Dedans vn si grand ornement,
Que si les Dieux osoient paroistre
Auecque luy dans son Hostel,
Iamais ils ne penseroient estre
Ailleurs qu'au seiour immortel.

E iij

Oüy, Prince, il n'est que trop connu
Que ta grandeur est vn prodige,
Et que tes faits ont obtenu
Tout ce qui la Fortune oblige:
Et desia dedans ce bas lieu
Ta vie est celle là d'vn Dieu,
Et tu retiens si peu de l'homme,
Que ie crois auec verité
Que si rien ta gloire consomme,
Ce sera l'Immortalité.

Il ne faut aussi s'estonner
Si la France semble petite,
Et ne peut auiourd'huy donner
Ce que demande ton merite:
Mesme le Roy, de qui les yeux
Te regardent, & ayment mieux,
Contre son amitié s'offence,
D'estre priué du seul plaisir
D'auoir assez en sa puissance
Pour t'agrandir à son desir.

Il a ta vertu pour obiét
Toufiours prefent à fa memoire,
Et prés de luy dans ce fuiét
Tous tes geftes font vne hiftoire:
Te voyant il fe ramentoit
Comme ta vertu combattoit,
Quand tu fus mis en facrifice
Aux murs de la Rebellion,
Où tu fis plus pour fon feruice
Qu'Achille deuant Ilion.

Tantoft il te voit enfoncé
Dans le feu, le fang, la poußiere
Attaquer & prendre vn foffé,
Et toy feul feruir de barriere:
Il te voit prefque defarmé
Affaillir vn mur alarmé,
Et toute vne nuiét à la bouche
D'vn double & furieux Canon,
Sans repos, n'auoir autre couche
Que le beau lict de ton renom.

Tantoſt il te voit repouſſer
L'ennemy ſur ſon auantage,
Et ton bras faire rebrouſſer
Le plus deſeſperé courage:
Tantoſt il voit tout le Teſcon
Rouge & groſſi du ſang Gaſcon
Te laiſſer maiſtre de ſes riues,
Et d'vn impetueux courroux
Rompre ſes vagues fugitiues
A la crainte de tant de coups.

Puis il repaſſe en ſon eſprit
Cette aſſeurance non commune,
Qui ſous ton courage entreprit
A front de battre la Fortune:
Quand iettant les tiens deſcouuerts,
Aux coups & à la gloire ouuerts,
Tu donnas la premiere pointe
En ce grand aſſaut, où tout nu
Comme invulnerable & ſans crainte,
Pour quelque Dieu tu fus tenu.

Auſſi

'Auſſi clairement il connoit,
S'il euſt vſé de ſa puiſſance,
Que ton courage luy donnoit
Ce que luy donna ſa clemence:
Et contre ce trouble mutin
C'eſtoit vn arreſt du deſtin,
Si la paix n'euſt eſtaint la guerre
Où preſque vn corps ne fut entier,
Que cette Ville fuſt par terre
A la force de ton quartier.

Puis conſiderant à l'eſcart
Chaque miracle de ta vie,
Il voit auſſi d'vne autre part
Tant de faits qui paſſent l'enuie,
Qu'il ne faut plus s'eſmerueiller,
Si t'ayant veu ſouuent veiller
Si fort au ſalut de la France,
Aux Lauriers dont tu te repais
Il adiouſte ſur ta vaillance
Les premiers honneurs de la Paix.

F

Rends donc cette gloire à ta foy,
Et reçois cette marque insigne
De la faueur de ce grand Roy,
Qui pour toy n'a rien de plus digne:
Va parmy tant de raretez,
Tant d'honneurs qui sont apprestez
A la pompe de ce Voyage,
Faire voir qu'il n'est rien de grand
Qui ne te cede l'auantage
Que dessur tous LOVYS te rend.

Et toy miracle des Beautez,
O toute diuine Princesse,
Auance nos felicitez,
Et le fruiçt de nostre alegresse:
Que retarde-tu desormais
D'aller esclorre nos souhäits,
Et te rendre à cette contrée,
Qui d'vn theatre ambitieux
Te fait esleuer vne entrée
Où l'on ne passe que les Dieux?

Vois comme ce Peuple du Nort
Se voüant tout à ta presence
Reproche que tu luy fais tort
Et querelle desia la France,
Qui t'arrestant si longuement
Differe son contentement,
Et cette esperance infaillible
Qu'il a de voir en ton obiét
Dieu par vn miracle visible
Auancer vn diuin proiét.

Cela n'est que trop asseuré,
Et tu le verras, Angleterre:
Dieu fait, par elle coniuré,
Vn dessein qui t'est salutaire:
Et le Ciel qui n'a point d'attrais
Qui ne soient en elle portraits,
En te la donnant va respandre
Tant de graces & de plaisirs,
Que tu ne les pouras comprendre,
Et surpasseront tes desirs.

F ij

Il me semble desia te voir
Auecque la France rangée,
Dessous son aymable pouuoir
De mœurs, d'hommes, de foy changée:
Ie vois ces deux Peuples vnis,
Par des triomphes infinis,
A l'entour de Bisance enclose
Enfin faire voir au milieu
Des fleurs de Lys & de la Rose
Les armes puissantes de Dieu.

Ce sera là que tu verras
Iusques où va sa destinée,
Lors que bien loin tu traineras
Sa bonne fortune enchaînée;
Peuple trop heureux ! si tu peux
Te rendre digne de ses vœux,
Et dans la douceur de sa face
Perdant ton erreur & ton fiel,
Ouurir ton Royaume à la Grace
Qui t'ouurira celuy du Ciel.

Dreſſe luy comme tu voudras
Deſſur vne vne autre Couronne,
Crois que iamais tu ne rendras
A la France ce qu'elle donne;
Et puis que Dieu le veut ainſi,
Va, Princeſſe, en ce grand ſoucy,
Va parfaire la deſtinée
D'vn peuple qui fatalement
Verra deſſous toy terminée.
Sa faute & ſon aueuglement.

Dans l'iniure de ce deſir
Vois, comme la France qui t'ayme,
Pour l'intereſt de ton plaiſir,
A gré ſe priue du ſien meſme:
Et bien qu'en ce faſcheux départ
Nous perdions la plus belle part
Qui cette Couronne deſerte,
Puis que cela touche ton mieux,
Pour ne voir vne telle perte
Dans nos cœurs nous cachons nos yeux.

F iÿ

Va doncques, puis que dans le tien
Se voit le progreZ de la France,
Va produire d'vn plus grand bien
Les arres en cette Alliance:
Va, sous la conduitte d'vn Mars,
D'vn Prince, qui de toutes parts
Rendra ta grandeur asseurée,
Prendre de l'œuure de ses mains
Vn Temple, de qui la durée
Passera celle des humains.

FIN.

LA DESCENTE
DES DIEVX
EN FRANCE,

Pour honorer la feste des Alliances de la France & de l'Angleterre;

Et pour accompagner MADAME en son Voyage.

AMOVR

A LA FRANCE.

SONNET.

A La fin retourné de l'Empire celeste
  Ie te reuois, ô FRANCE, & tu vois tous les Dieux
Que ie conduis au Louure, afin qu'à cette Feste
Ils gouſtent vn nectar plus doux que dans les Cieux.

Si quelque ſentiment aprés ce coup te reſte,

Nageant

Nageant dans la faueur si tu leues les
    yeux,
Admire ces Grandeurs qu'vn petit Dieu
    t'appreste,
Voir le Ciel auiourd'huy qui s'en fait
    enuieux.

Ces Dieux que par honneur icy bas
    ie t'ameine
Seront de mon amour vne preuue cer-
    taine,
Et ne crois qu'en cela ie paroisse leger:

Les Dieux mesmes presents signe-
    ront ma défaite:
Et i'appends à ta Cour, où i'eslis ma re-
    traite,
Aisles, flesches, & l'arc, afin de ne
    changer.

G

LE SOLEIL
AV ROY.

SONNET.

RAND ROY, Prince fa-
meux, fils aifné de la terre,
Qui pourrois aifement prendre
fur Iuppiter,
Si le temps arriuoit qu'on luy pûft difputer,
L'Empire, la Vertu, le Ciel, & le tonnerre;

Le renom de ce jour, où l'on voit
l'Angleterre
Son bon-heur en celuy de la France em-
prunter,

N'est pas ce qui nous peut icy bas ar-
reſter,
C'eſt ſa ſeule Grandeur qui les noſtres
atterre.

Grand Roy, vois-tous ces Dieux à
tes pieds abbattus,
Adorables ailleurs, adorer tes Vertus,
Te rendre ce qu'ils ont accouſtumé de
prendre:

Et proteſter icy deuant tous les mortels,
Qu'en ce Ciel de la France ils viennent
pour apprendre
Comme il faut aprés toy meriter des
Autels.

IVNON
A LA REYNE MERE.

SONNET.

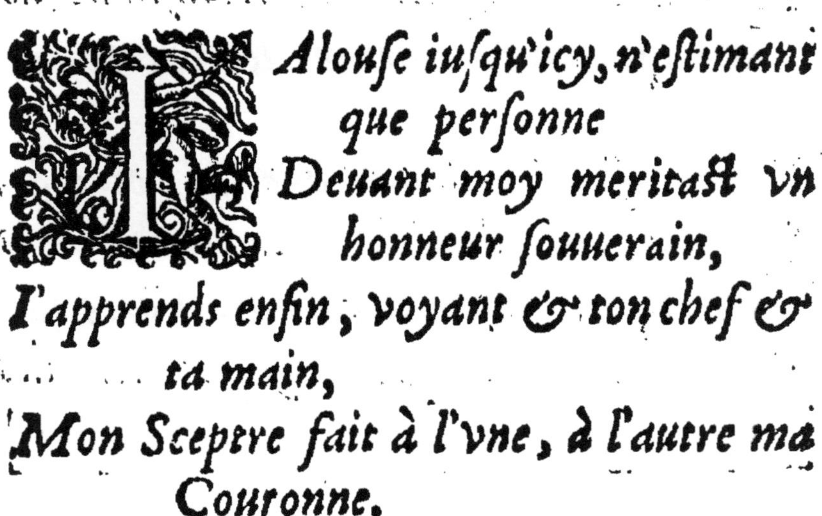

Alouse iusqu'icy, n'estimant que personne
Deuant moy meritast vn honneur souuerain,
I'apprends enfin, voyant & ton chef &
ta main,
Mon Sceptre fait à l'vne, à l'autre ma
Couronne.

Reyne, de qui l'Esprit tous les sie-
cles estonne,
Qui seule sçais tenir vn Empire serain,

Et de qui la Vertu plus forte que l'airain
Vne immortalité pour vn trespas ordonne.

Mere de tant d'Enfans plus Dieux
      que tous mes Dieux,
Ne plains plus de HENRY le sort in-
      iurieux,
Le voicy descendu qui couronne tes larmes:

      Et dit, en t'apportant les tiltres de
            Iunon,
Qu'il ne pouuoit donner que la Terre à
      tes charmes,
Et que ie rends le Ciel & la Terre à
      ton nom.

PALLAS
A LA REYNE.

SONNET.

EYNE, *de qui le Ciel ado-*
re les beautez,
Et qui fais de toy-mesme vn
Ciel plus adorable,
Où toutes les Vertus ont tant de priuau-
tez
Qu'elles semblent ioüer en ton œil agrea-
ble.

Beau triomphe des Cœurs, où tant de
libertez
Souspirẽt sourdemẽt leur perte fauorable,

Où les Dieux beniroient en leurs capti-
　　uitez,
(S'ils pouuoient y mourir,) vn supplice
　　estimable.

Grand' Reyne, reconnois les trais de
　　ton pouuoir,
Punissant tant de Cœurs, ne punis mon
　　deuoir:
Vois la mesme Pallas deuant toy, qui
　　confesse

Que sans crainte de perdre vn vœu
　　de chasteté
Elle croit que l'on peut, ainsi qu'vne
　　Deesse,
Adorer en tes yeux la celeste Beauté.

HENRY LE GRAND
A MONSIEVR, SON FILS.

SONNET.

Ompagnon des grands Dieux,
    & maiſtre ſur le ſort,
    Ie viens, mon fils aymé, Gaſton,
    ie viens en France
Luy rendre à ton ſuiét cette grande eſpe-
   rance
Que l'on enſeuelit au regrét de ma mort.

    Depuis ce iour fatal, où d'vn ſecrét
    effort
Les Dieux en me l'oſtant accreurent ma
   puiſſance,

               Et que

Et que treuuant ma fin au poinct de ta
        naiſſance
Pour toy ſeul au Deſtin ie reprochois ce
        tort:

        I'ay touſiours maintenu cét Empire
                proſpere,
On peut dire que Dieu ie t'ay ſeruy de
                Pere
Pour voir vn iour en toy mon deſſein en
                ſa fleur:

        Les Dieux, voyant de reſte en moy
                trop peu d'années,
Pour acheuer vn coup où vont tes deſti‑
                nées,
Me rauirent, afin qu'il fuſt à ta Valeur,

                        H

DIANE
A MADAME.
SONNET.

BEAVTE' *si parfaite & si grande*
Qu'il ne se voit rien de pareil,
Dont chaque ray est vn Soleil,
Où chaque cœur est vne offrande.

Princesse, que le Nort demande
Auec vn si grand appareil,
Va faire connoistre cét œil
Dont il n'est Dieu qui se deffende.

Ce Peuple parmy ses ardeurs,
A l'esclat de tant de Grandeurs

N'aura-t il pas iuſte licence,

(En voyant l'image en tes yeux,)
De croire que dedans la France
Tous les hommes ce ſoient des Dieux.

H ij

MARS
A MONSEIGNEVR. LE
DVC DE CHEVREVSE.

SONNET.

Rince, dont la valeur au Ciel
s'est fait entendre,
Plus fort, plus genereux, plus
Mars que ie ne suis,
Et de qui le courage à la trace ie suys,
Qui surpasse l'enuie, & ne se peut com-
prendre.

Dieu Dessus ces grands Dieux que
l'on a veu descendre
Pour estre dessous toy par le monde con-
duits,

Et qui de tant de faits à la France reluis
Que c'est faire beaucoup de pouuoir les
    apprendre.

    Grand Prince, tous ces Dieux ad-
      mirent ton pouuoir,
Et connoiſſant en toy ce qu'ils penſoient
    auoir
De toutes leurs vertus te font vne vic-
    toire.

    Vange nous à ce coup d'vn ialoux
      Iuppiter
Qui nous cachant tes faits, a pris deſ-
    ſus ta gloire
Vn honneur, deuant toy qu'il ne peut
    meriter.

                        H iŋ

VENVS

A MADAME LA
DVCHESSE DE CHEVREVSE.

SONNET.

Eau feu des grands Esprits,
si meurtrier & si doux,
De qui l'œil, recelant vn
poison agreable,
Vn charme qui pourroit rendre vn Dieu
miserable,
Iette moins de rayons qu'il ne fait pas
de coups.

Honteuse en mon deuoir , ie parois
deuant vous
Seulemẽt pour seruir de tesmoin veritable

Que tous ce que ie fus autrefois en la
	fable
Vous l'estes en effect au iugement de tous,

De la voix d'vn Pasteur, & de la
	main d'vn homme
Ie receus autrefois vne fatale Pomme:
Mais auiourd'huy voicy les Dieux en-
	semblement

Qui portent auec moy le prix que ie
	vous quitte,
Et donnent plus senseZ à vostre seul me-
	rite
Ce que ie n'eus iamais que par aueugle-
	ment.

L'AVTHEVR
A MONSEIGNEVR
LE DVC DE CHEVREVSE.

ODE.

Rince, l'eſtonnement des Cieux,
Et la merueille de la Terre,
Qui portes graué dans tes yeux
L'amour enſemble & le tonnerre:
Triomphe des ſiecles paſſez,
Et qui nous fais voir effacez
Dedans les marques de ta gloire
Les noms de tant de grands Guerriers,
Qui ne ſont plus à la memoire
Que pour te rendre leurs Lauriers.

Grand

Grand Duc, tous ces Dieux que voicy
Mis à l'ombre de ton courage
Sont exprés descendus icy
Pour te ceder leur auantage:
Vois comme ils te donnent la foy
Qu'ils ne sont plus Dieux que pour toy;
Et qu'aux honneurs que l'on t'appreste
Ils ne seruent que d'ornements,
Pour accompagner HENRIETTE,
Et suiure tes commandements.

Les voila tous prests à partir
Sans qu'aucune raison les rompe,
Qui prennent gloire d'assortir
Le Char orgueilleux de ta Pompe:
Et dans ce superbe appareil
Où l'or à l'esclat du Soleil,
Et l'argent celuy de la Lune,
Voyant tant d'Astres radieux
Ils pensent, suiuant ta fortune,
Qu'ils suiuent le branle des Cieux.

I

Ne retarde plus leur ardeur,
Marche au front de ceste Couronne,
Prends les aisles de la Grandeur
Que ton vray merite te donne:
Va, Prince, aux yeux de l'Vniuers
Appendre tes thresors ouuerts,
Va faire l'esclat de la France:
Monstre combien de nostre Roy
Peut estre grande la puissance,
S'il a des Astres comme toy.

Marche donc Astre souuerain,
Meine en triomphe ce beau nombre,
Ces Dieux, qui rangez sous ta main
De ton corps ne semblent qu'vne ombre;
Va nostre gloire consommer,
Va te faire voir à la Mer,
Et t'admirant luy faire entendre
Mieux accompagné que Iason
Qu'à cette heure tu luy vas rendre
Vne bien plus riche Toison.

Außi les Dieux deſſous ta loy
Vont conquerir vn nouueau Monde,
Et dans les mains de noſtre Roy
Ont iuré cette Maſſe ronde:
Et iamais les premiers Nochers
Qui virent danſer des rochers
Ne s'eſloignerent tant de l'Ourſe,
Que ces Dieux ont promis d'aller
D'vn triomphe de longue courſe
Tes armes là bas déualler.

Va doncques, & ne remets plus
Ce væu qui les arreſte en Terre
Ne les tiens plus icy reclus,
Monſtre les toſt à l'Angleterre:
Va faire en ce petit détour
Vne preuue de leur amour,
Puis aſſeuré de leur puiſſance
Auec eux tu pouras bien mieux
Aller aprés faire à la France
Vn Oriſon de tous les Cieux.

Cependant plus ingenieux,
En me mocquant de ce Parnasse
Qui pour toy n'a rien que de vieux,
Ie vay rechercher vne trace,
Où pour despeindre tes valeurs
I'addouciray tant de couleurs,
Que i'en essoigneray le vice,
Et feray voir en ce portrait
La Nature pour artifice,
Et ta vertu faire le trait.

Prince contente mes souhaits,
Va donc me faire la matiere
Où des vieux à tes nouueaux faits
Ie r'assemble vne image entiere:
Lors que ce Tableau tu verras,
Ie sçay que tu confesseras
Que ta gloire mesme t'estonne,
Et que mon Oeuure n'a de pris
Que celuy, qu'à tes faits ie donne
En la memoire des Esprits.

MARESCHAL

www.ingramcontent.com/pod-product-compliance
Ingram Content Group UK Ltd.
Pitfield, Milton Keynes, MK11 3LW, UK
UKHW020330130726
13696UKWH00003B/1258